LETTRE A M. OPPERT

SUR QUELQUES PARTICULARITÉS

DES INSCRIPTIONS CUNÉIFORMES

ANARIENNES.

Monsieur,

Il y a quelques années, à la sortie du cours d'archéologie
du Collège de France, M. Charles Lenormant, enlevé si pré-
maturément à l'érudition française, s'entretenait avec ses
élèves des progrès inattendus des inscriptions cunéiformes
anariennes. Votre nom était naturellement cité fort souvent dans cette conversation ; et, tout en vantant la sagacité
extrémement remarquable avec laquelle vous aviez établi la
signification d'une foule de signes inconnus avant vous, il
avouait que deux choses le choquaient encore dans votre système : c'était ce que vous appelez 1° la polyphonie de certains
signes , 2° les compléments phonétiques destinés à faciliter
près de quelques idéogrammes la réminiscence du mot cor-
respondant dans la langue parlée.

M. Lenormant nous expliqua alors en détails ce que vous
entendiez par ces deux particularités de l'écriture cunéiforme
anarienne, et nous avoua qu'elles lui paraissaient d'autant
plus étranges qu'il ne connaissait rien de pareil dans aucune
autre écriture connue. L'exposé lucide que venait de faire le
savant académicien appela immédiatement mon attention
sur un fait analogue à ceux qu'il venait de me signaler et que
j'avais eu à constater en me livrant à l'étude de la littérature
japonaise. M. Lenormant fut frappé de cette coïncidence
inattendue et m'avoua que désormais il n'avait plus de motif
de douter de votre doctrine de la polyphonie et des compléments phonétiques, d'autant plus que vous lui aviez cité des

arguments philologiques qui donnaient également du poids à vos affirmations. Il m'engagea ensuite à consigner par écrit les rapprochements en question, persuadé qu'ils n'étaient pas sans utilité pour le progrès de l'épigraphie cunéiforme anarienne.

A cette époque, j'étais occupé de la composition de mon grand Dictionnaire japonais-français-anglais, et je ne crus pas pouvoir me distraire de ce travail assez de temps pour étudier une question qui était entourée de ténèbres et d'incertitudes; car, à cette époque, vos importantes publications sur la matière n'avaient pas encore vu le jour. Je me bornai donc à vous rapporter, Monsieur, ce dont j'avais entretenu M. Lenormant, et j'eus la satisfaction de voir que vous attachiez à ces rapprochements [1] la même valeur que le savant professeur du Collége de France.

Depuis lors, j'ai dû prendre connaissance des principales productions des archéologues sur le déchiffrement des inscriptions cunéïformes [2] et surtout du monument élevé par vous [3] à cette science nouvelle qui a captivé votre esprit depuis l'expédition scientifique en Mésopotamie à laquelle le gouvernement de la République française a jugé à propos de vous attacher. L'examen de votre livre et du résumé remarquable que l'on doit à la plume de M. Joachim Ménant, m'a fortifié dans la pensée qu'il était utile de présenter d'une manière précise le parallèle des deux systèmes graphiques de l'Assyrie et du Japon, l'intelligence certaine que nous avons du second devant être une garantie de l'intelligence pour le moins très probable

---

[1] M. Oppert a mentionné ces rapprochements.

[2] Pour la composition de l'ouvrage intitulé : *Les écritures figuratives et hiéroglyphiques des différents peuples anciens et modernes,* où plusieurs chapitres ont été consacrés aux écritures cunéiformes ariennes et anariennes.

[3] *Expédition scientifique en Mésopotamie,* exécutée par ordre du gouvernement. T. II, Déchiffrement des inscriptions cunéïformes; 1858, in-4.)

que nous devons acquérir du premier. C'est ce qui m'a déterminé à vous adresser la courte note que je prends aujour-
d'hui la liberté de soumettre à votre savante appréciation.

L'écriture cunéiforme anarienne est un mélange de signes
idéographiques et de signes phonétiques [1] : il en est de même
de l'écriture japonaise.

Les signes idéographiques, suivant votre propre défini-
tion [2], aussi bien applicable à l'assyrien qu'au japonais,
« n'expriment ni une lettre, ni un son quelconque, mais une
« idée, abstraction faite du son par lequel cette idée est ren-
« due dans telle ou telle langue. »

Le babylonien ⬦ représentait l'image du cœur, tout

comme le signe chinois 心, dans l'écriture ancien ne ;

⊟ représentait la main, comme le chinois 又, forme archaïque ; — , dérivé de l'ancien signe ,
représentait un champ arpenté, comme le chinois 田 , mais

rien dans ces signes ne rappelait à l'esprit comment on
disait en Chine ou à Babylone les mots « cœur », « main »,
« champ arpenté ».

Ce système d'écriture réalise, dans une certaine mesure,
l'écriture universelle que tant de grands hommes ont rêvée et
que tant de fous ont cru avoir découverte. En effet les signes
reproduits ci-dessus comme exemple peuvent être compris de
la même façon et dans des conditions identiques par tous les
peuples. Ce résultat a été obtenu jusqu'à un certain point par
l'écriture idéographique de la Chine que les Japonais, les

---

[1] *Expéd. en Mésopotamie*, t. II, p. 43.
[2] *Lib. citat.*, t. II, chap. III.
[3] Les signes chinois forment la partie idéographique de l'écriture japonaise.

Cochinchinois, les Coréens, les Cantonais, les Fokkiénais ont pu adopter sans avoir à renoncer à leur langue nationale. Il en a été évidemment de même, — et plusieurs faits que vous signalez, Monsieur, en sont la preuve, — chez les peuples parlant des langues différentes qui ont été soumis à l'influence politique et civilisatrice de Babylone, chez les Ninivites, chez les Mèdes, chez les anciens Arméniens, chez les Susiens, et sans doute chez d'autres nations que le progrès des études qui vous occupent feront connaître un jour au monde savant.

Par exemple, si je montre le signe 心 que j'appelle en français « cœur » à un Chinois, il l'appelera *sin*, dans sa langue ancienne, ou *sin-tœou* dans sa langue vulgaire actuelle. Un Japonais l'appelera *kokoro*, un Cochinchinois, *long*, un Coréen, *maam*, un Fokkiénais *simkwna*, etc. Tous comprendront de suite l'objet dont il s'agit en voyant l'idéogramme 心, bien qu'ils le désignent sous des noms différents et inintelligibles aux uns et aux autres. De même un Français, qui ne sait que sa langue ne peut comprendre ce que veulent dire les mots, *vier* en allemand, *tchetuire* en russe, *four* en anglais ; les Allemands, les Russes, les Anglais, de leur côté, quand ils ne savent pas le français, ne comprennent pas davantage le mot *quatre*; mais si au lieu d'écrire ce mot en lettres phonétiques on l'écrit à l'aide du chiffre 4 les uns et les autres comprennent aussitôt l'idée exprimée, bien qu'ils se servent pour l'énoncer de mots différents. C'est quelque chose d'analogue qui se produit, bien que sur une plus grande échelle, dans l'écriture idéographique de la Chine antique et de l'antique Assyrie.

Par cela même que l'idéogramme ne représente pas un son fixe, mais une idée toujours susceptible de nuance, il peut être lu parfois de plusieurs façons différentes. Ainsi le signe chinois [signe], qui indique l'idée de supériorité, pourra être lu en japonais, suivant la nuance précise de sens qu'il aura dans une phrase, *kami* « altesse », *takaki* « haut, élevé », *agourou* « offrir (en élevant les mains) », *mikado* « l'empereur (le suprême) », *ouyé* « sur », etc., etc.

Toutefois, comme il serait souvent embarrassant pour le commun des lecteurs de savoir quelle prononciation on doit affecter aux caractères qui se rencontrent dans les livres, les Japonais ont imaginé de noter à la suite des mots, dont la racine est représentée par un idéogramme, la désinence de ces mêmes mots en lettres syllabiques. Ainsi, ils écriront à la suite du signe idéographique mentionné ci-dessus [signe] la syllabe [signe] *yé* lorsque ce mot aura la signification de *ouyé* « sur » — la syllabe [signe] *rou*, lorsqu'il aura la signification de *agourou* « offrir (en élevant les mains) ». Si l'on ajoutait à l'idéogramme [signe] la particule du pluriel [signe] *gata*, on lirait *kami-gata* « les altesses », etc.

La même chose a lieu en assyrien : « quand un signe idéogra- « phique a plusieurs signification, on ajoute comme complé- « ment pour l'intelligence du lecteur, la lettre qui devrait finir « le mot s'il était écrit en syllabes phonétiques[1]. » A l'appui de cette règle vous citez le caractère [signe] qui, dites-vous, beau- coup de valeurs : « prendre, aller, se lever (en parlant du soleil), montagne, pays. » Lorsque ce caractère a le sens déterminé de « prendre », en Assyrien כשר (אֲכְשֻׁר « je pris ») on l'é- crit tout seul ou l'on y ajoute la syllabe phonétique [signe] *ut*; lorsqu'il signifie « la prise », en assyrien כְּשִׁדת, on y ajoute [signe] *ti*; pour « le lever du soleil » en assyrien, נפה, on y

---

[1] Oppert, *Expédit. en Mésopotamie*, t. II, p. 98.

ajoute 𒉺 *ha*; pour « la montagne », en assyrien, שַׁדּוּ, on y ajoute ▤ (notamment Inscript. de Bisoutoun, l. 15); pour « les montagnes » en assyrien *chadi* on y ajoute ▤ ou ▤ *i* ou *i*. — Tout cela est parfaitement conforme à ce qui se passe en japonais, où l'on peut, en outre, comme en assyrien, éviter parfois l'emploi des idéogrammes et écrire les mots entièrement en lettres phonétiques.

Les Japonais, en empruntant aux Chinois les signes idéographiques qui entrent dans la composition de leur écriture, se sont également réservé la faculté de prononcer ces mots à la chinoise, *sauf à leur donner parfois des nuances de sens différentes* suivant qu'ils lisent un signe à la manière chinoise, ou qu'ils le lisent en le traduisant par un mot de leur langue nationale. J'appelle tout particulièrement votre attention sur ce fait, car il me semble d'une importance réelle pour l'interprétation des inscriptions cunéiformes anariennes.

Ce n'est pas tout. Dans un certain nombre de cas, qu'il serait trop long de mentionner ici, les Japonais ont employé des idéogrammes chinois d'une manière purement phonétique, et ils en ont fait de véritables lettres qui, dans la pratique, ne rendent en aucune façon leur sens idéographique, mais qui ont seulement une valeur alphabétique dérivée du son attaché primitivement en Chine à ces idéogrammes. Ainsi le signe chinois 天 *tien* (prononciation archaïque *ten*), a servi à rendre la syllabe *te* qui est devenue, par abréviation テ dans l'alphabet actuellement en usage sous le nom de *kata-kana*.

Je pourrais prolonger la mention de ces remarquables coïncidences, mais je crois que celles que je viens de vous exposer suffisent pleinement pour établir qu'un système analogue a présidé à la formation des écritures mixtes des populations anariennes qui ont employé l'écriture cunéïforme et des Japonais qui ont adopté les signes de l'écriture chinoise.

D'où vient cette similarité de procédés graphiques? Il y a là une question que je n'oserais tenter de résoudre et qui me semble au moins très prématurée. Vous me permettrez cependant, Monsieur, avant de terminer ce peu de lignes de vous soumettre une idée que je vous laisse le soin d'apprécier à sa juste valeur.

L'écriture cunéïforme anarienne, suivant votre doctrine, n'a pas été inventée au sein des peuples sémitiques qui nous en ont laissé les plus nombreux monuments. « Les Assyriens, « dites-vous, ont reçu l'écriture cunéiforme, à l'état de science « déjà faite, d'une nation qui devait, à *sa plus antique civili-* « *sation* cette singulière invention. Or, ce legs lui est venu « *d'un peuple d'origine touranienne.* Or, il n'y aucun doute, « pour toute personne ayant quelque peu regardé le médo- « scythique (idiome des inscriptions de la première espèce), « que cet idiome ne sort de la race finno-ouralienne, qui se « rattache à celle des Mongols. Les découvertes faites depuis « 1847, surtout celle du casdo-scythique, nous font entre- « voir l'existence antique d'une civilisation touranienne et la « culture d'un peuple complètement ignoré par ses descen- « dants mêmes » (*Expéd. en Mésopotamie,* t. II, ch. vi.)

Cette doctrine hardie, qui rappelle celle de l'infortuné Bailly, et qui ne tend à rien moins qu'à porter le flambeau de la philologie jusque dans l'obscurité profonde des temps anté-historiques, me semble s'accorder avec le résultat qu'obtiennent tous les savants qui se livrent à l'étude d'une des branches de l'ethnographie touranienne. Tous aperçoivent, au delà des périodes inscrites dans les annales des peuples tartares, une grande époque qu'il ne leur est point encore possible de définir, mais qui apparait d'une manière incontestable au milieu des innombrables incertitudes de cette antiquité reculée. Tous comprennent que la solution des enigmes ethnographiques de l'Asie centrale doit être recherchée plus haut qu'on ne l'a fait jusqu'à présent. Les philologues, avec les ressources qu'ils ont possédées jusqu'à ce jour, ont unanimement reconnu l'impossibilité de créer, à l'instar de la famille indo-européenne, un groupe homogène pour y comprendre tous ces peuples évidemment apparentés qui occupent la zone moyenne de l'ancien monde depuis les rives du Bosphore jusqu'aux îles de l'extrême Orient ; et cependant tous ont persévéré à admettre, bien que sous des noms divers, qui témoignent de la condition indécise de ces études, une famille de nations au type mongolique et à la grammaire tartare.

Or, je crois avoir constaté, Monsieur, qu'il est encore possible de retrouver des traces linguistiques de cette race primitive d'où sont sortis les rameaux aujourd'hui désunis de la grande famille de l'Asie centrale. Dans un mémoire publié récemment[1] j'ai consigné quelques uns des nombreux faits qui me portaient à établir que les Japonais ont conservé des vestiges de l'idiome primitif de la grande souche tartare, et que l'étude philologique de l'idiome antique des insulaires du Nippon était propre à jeter de précieuses lueurs au milieu des obscurités profondes qui entourent cette belle question ethnographique. L'examen de votre grand ouvrage sur les inscriptions cunéiformes me confirme dans cette pensée ; et, à part l'utilité qu'il peut y avoir de connaître un système d'écriture analogue à celui des Assyriens et encore en usage de nos jours, je suis porté à croire que ceux qui se livreront à l'étude des monuments épigraphiques du deuxième système trouveront dans la connaissance de l'ancien japonais, des ressources aussi précieuses qu'inattendues.

LÉON DE ROSNY.

---

[1] Dans les *Annales de philosophie chrétienne*, 3e série, t. IX, p. 342.